竹下しづの女の百句

坂本宮尾

新領域の開拓者

ふらんす堂

目次

編集付記

○竹下しづの女の俳句は句形や表記に異同がある場合がある。生前に刊行された唯一の句集『颭』に収録された句は、原則として同書に従った。それ以外の句は、初出の俳誌、および没後に刊行された『解説 しづの女句文集』、『定本 竹下しづの女句文集』から編著者の判断で句形や表記を採用した。

○句に付した制作年、発表年については、『颭』収録句はそれに従い、それ以外は原則的に発表年とした。

○漢字は俳句、鑑賞ともに新字を用いた。ただし、人名などはこの限りではない。

○ルビは読みやすさを考えて適宜加除した。

竹下しづの女の百句

警報灯魔の眼にも似て野分かな

『解説 しづの女句文集』
大正九年

1

しづの女が作句を始めたのは大正八年の年末。半年後に、この句が地元福岡発行の俳誌「天の川」（大９・５）に初入選した。台風が近づく不穏な空気のなかで不気味に光る警報灯に着目している。「魔の眼」という捉え方に、早くも独特の感性が見られる。

大正初めから女性俳人が次第に増えたが、その多くは「ホトトギス」の台所雑詠欄を舞台に、主婦の生活拠点の台所を中心とした世界を穏やかに詠んでいた。それに対してしづの女は、いわゆる「女らしい」情緒的な俳句では飽き足りず、地に足のついた骨太の句を目指した。

固き帯に肌おしぬぎて種痘かな

『颱』
大正九年

2

三十二歳で作句を始めたしづの女は、古い「ホトトギス」を借りて、子どもたちが寝静まった深夜にひとりで猛勉強した。彼女は生活の興味を引かれた場面を切り取って、句に仕立てようとした。

種痘は天然痘の予防接種で、春の季語。和服の時代の種痘風景である。「肌おしぬぎて」とあるので、上腕に接種を受けるために、腕まくりではなく、片肌脱ぎになったらしい。きちんと締めた帯から、力を入れて着物を引き抜く動作が目に浮かぶ。句集『颱』冒頭に置かれており、句材も目新しく、自信作であった。

旭の薔薇に矗とイつ博士夫人かな

『颱』
大正九年

3

大正九年六月、東京から長谷川零餘子を迎えて、「天の川」第一回婦人俳句会が福岡で開かれた折の句。零餘子は当時「ホトトギス」の地方俳句界欄と「天の川」の選者を務めていた。句会場となったのは九州帝国大学医学部教授の久保猪之吉博士と妻より江が住む豪奢な邸宅で、吉岡禅寺洞、杉田久女も参加した。

まず、中七の凝った用字が目を引く。「矗と」は「ちくと」と読んで、「直立してまっすぐに」、また「彳つ」は「たつ」と読み、ここでは「たたずむ」の意。広い庭園の薔薇のまえに、朝の日を受けてすっくと立つ久保より江の美しさを描いている。

這婢少《わか》く背の子概ね日傘の外

『颱』
大正九年

4

「這」は、ここでは「この」の意。上五は「このひわかく」と読み、「このお手伝いはまだ年若く」と解釈できる。子守はおんぶした赤ん坊のために一生懸命に日傘をさしてはいるものの、子守もまだ幼いので、肝心の赤ん坊はたいてい日傘からはみ出ている、という句意。

俳句には珍しい「概《おほむ》ね」という語で全体の状況を判断する点にしづの女の特色が出ている。当時、四人の子を抱えた竹下家には、子守がいたのであろう。年の行かない子守と赤ん坊の姿を簡潔に描いた。勢いのよいリズム、漢字を多用した表記、知的な断定に独自性がある。

短夜や乳ぜり泣く児を須可捨焉乎《すてっちまをか》

『颱』
大正九年

5

しづの女の代表句。明け易い夏の夜に、母乳を欲しがってむずかるわが子に疲れ果てた母の呟きがそのまま一句に結晶した。下五は万葉仮名ではなく漢文で、捨てようか、いや捨てはしないという反語表現。

高浜虚子は「ホトトギス」（大9・8）で、まだ無名の女性、しづの女の句を巻頭に大抜擢した。これまでにない新しい俳句を見抜く、虚子の選句眼の鋭さを示している。奇抜な発想、難しい漢文、さらに「すてつちまをか」というルビの威勢のよい口語調に、俳壇は度肝を抜かれた。内容、表現ともに新時代の到来を告げる斬新な作品。

滝見人水魔狂ひ墜つ影見しか

『颮』
大正九年

6

「滝見人」は滝を見ている人のことで、「夜長人」など、当時はよく見られた省略法。その頃のしづの女は、事実をなぞるだけの凡庸な写生句を軽蔑していた。そこで滝が激しく落ちる様を「水魔」という超自然の力と捉え、続けて「狂ひ墜つ」という強烈な言葉で滝水の動きを表現してみた。従来の女性俳句には見られないこの詠法は、物珍しくはあるものの意気込みが空転した感がある。

後にしづの女は〈滝の上に水現れて落ちにけり　後藤夜半〉という句に出会い、「負けた！」と絶叫し、写生という手法の真の力を悟ったと述懐している。

処女二十歳《はたち》に夏痩がなにピアノ弾け

『颱』
大正九年

7

会話体を取り入れた勢いの良さが新鮮である。上五は与謝野晶子の〈その子二十櫛にながるる黒髪のおごりの春のうつくしきかな〉という若さ礼賛の歌を連想させる。しづの女の句は、「処女二十歳に」と丁寧に「に」を加え、もう二十歳になったという点を強調。夏痩せなどと甘えずに「ピアノを弾け」という命令文で締めくくる。

口語体の詠法は「天の川」の編集者、小川素風郎の影響が顕著である。彼は九大医学部学生で、「ホトトギス」でも活躍していた。若い娘に向けた母や先生の朗らかな叱咤激励が聞こえてきそうな臨場感がある。

三井銀行の扉の秋風を衝いて出し

『颱』
大正九年

「ホトトギス」（大10・3）に入選した。上五を「銀行の」ではなく、「三井銀行の」と字余りにしたことで、調べは滞ったが、句は印象鮮明になった。三井という財閥系列の銀行名は、堂々とした近代建築を想起させ、強い意志を示す下五と呼応して斬新な句に仕上がった。

水原秋櫻子は作品の新しさを認め、下五は「衝いて出づ」とするほうが調子がしっかりする、と的確な鑑賞をした（「現代俳句思潮と句業」）。伝統的な詩歌の世界では、秋風はもの淋しさを感じさせるが、ここでは爽快な風と捉えており、そこにモダンな雰囲気がある。

夜寒児や月に泣きつゝ長尿り

『颱』大正九年

9

昔の家屋の夜のトイレの場面であるが、月が見えているので、外厠かもしれない。幼い子が母に付き添われて、眠くてたまらずに泣きながらも、長々とおしっこをしている姿を描いた。「月に泣きつゝ」という簡潔な表現で、切ないような、それでいて可笑《おか》しいような晩秋の夜の情景を浮かびあがらせている。モデルは大正八年生まれの次男健次郎であろう。幼い子どもらしい無邪気な動作を、半ば呆れながらもやさしく見守る母親のまなざしが感じられる。何気ない日常を切り取り、温かく、生き生きとした生活実感に魅力がある。

今年尚其冬帽乎措大夫《づま》

『颩』
大正九年

10

すべて漢字という表記の珍しさが句の眼目。「乎《か》」は詠嘆。「措大《そだい》」とは書生の意。夫伴蔵は、いわゆる入り婿で、盛岡高等農林学校獣医科を卒業した学究肌の人。結婚当時は農学校の教諭であった。句は、いつまでも書生気分が抜けずに、今年も古い帽子を被っている夫を、身内の親しさで軽く揶揄するものである。

しづの女は十代の頃に、故郷の行橋《ゆくはし》市で村上仏山門下の漢詩人、末松房泰から古典や漢文の指導を受け、当時の女性としては珍しく「漢文を平気で書く癖」があった。この句は「ホトトギス」（大10・2）に入選しており、虚子がしづの女の新奇な趣向を認めていたことがわかる。

乱れたる我れの心や杜若

『颱』
大正九年

しづの女の解説によれば、住吉神社の池畔に咲く杜若を見て、生命力があふれていながら気怠いような感じを受けた。この季節特有の気分を句で表現したいと思い、中七、下五はすぐに出来たが、上五に迷った。「乱れたる」「狂ひたる」「呆けたる」のどれがよいかを当時の師吉岡禅寺洞に訊ねた。すると、「主観露出句」と言下に却下され、安易な主観句は行き詰まると諌《いさ》められた。そこで悩み、苦しみ、それが原因で、初巻頭から二年足らずで、作句を中断したと述懐している。

さて、この問題句はしづの女の作句意図を、はたしてどこまで表現できているだろうか。

ちひさなる花雄々しけれ矢筈草

『颱』

昭和四年

四十歳になる頃に、しづの女は中断していた作句を再開した。矢筈草《やはずそう》はマメ科の地味な一年草。葉の先を引っ張ると葉脈に沿ってV字形に切れて、矢筈の形に似ているために名づけられたという。福岡市の大濠《おおほり》公園南の浜田町（現、福岡市中央区草香江）の新居に引っ越したしづの女は、庭に生える矢筈草が気に入り、何度も句に詠んだ。草の名がもつ弓矢のきりりとしたイメージは、明朗闊達な作者の姿と重なる。虚子はこの句に和して、〈女手のをゝしき名なり矢筈草　虚子〉と詠んで贈り、後年しづの女は『颱』の序句として戴いた。

彼の漢遊ぶが如し葦を刈る

『颱』
昭和四年

13

しづの女一家が転居した浜田町あたりは、昔は博多湾の大きな入り江であったが、慶長年間に福岡城の外濠にされた。明治、大正期には葦が茂る沼沢地になっていたものを、部分的に埋め立てて東亜勧業博覧会用地とした。博覧会を訪れたしづの女は周辺の風景がたいそう気に入り、ここに広い庭のある自宅を新築した。

家の外に広がる葦原の風景を、遠くで葦を刈る男の姿に意識を集中して描写した。「遊ぶが如し」という比喩によって、丈の高い葦を刈る男の、大きくゆったりとした動作が彷彿する。

畑打つて酔へるがごとき疲れかな

『颱』
昭和五年

暖かくなると、春蒔きの作物のために畑土を起こす作業が始まる。重労働であるが、また収穫に向けての一歩は楽しみでもある。労働をした後の疲労を、しづの女は美酒の酔いがまわってゆく感覚と捉え、「酔へるがごとき」と表現した。この比喩の発見が句の手柄で、健康な肉体の隅々にひろがってくる勤労の快い疲れを的確に伝えている。ただし、次男健次郎によれば、しづの女は畑仕事には手を出さず、見ているだけであったという。

初期作品は句材を詰めこみ過ぎて佶屈な印象を与えたが、作句再開後は、中心が絞られ句が引き締まっている。

月代は月となり灯は窓となり

『颱』
昭和五年

15

月の出を待ちながら、建物を眺めているところである。窓が並んだ校舎のような建物を思えばよいだろう。白みがかった空にやがて月が上ってくると、窓枠で縁取られた明るい窓が闇に浮かびあがることに着目した。

夕闇に浮かぶ月と窓の描写に絵画的な美しさがある。一句のなかに、夕刻から晩への時間の推移と、空と地上の人間が暮らす窓という大きな空間を収めている。しづの女は対句の形を好み、この句も「月代は」、「灯は」という対句表現で快い律動を生みだした。

水論に農学校長立ちも出づ

『颱』
昭和六年

16

夫伴蔵が福岡県糟屋郡立農学校（現、福岡魁誠高等学校）校長に任命されて、一家は校長官舎に住むことになった。農学校は農事試験場の役割も果たしており、地域との係わりが深く、夏の旱《ひでり》で水田用の水をめぐって農家の間で争いが起きると、校長も仲裁役に呼ばれた。「立ちも出づ」は、好人物であった伴蔵が呼び出されて、やおら出かけて行った様子を伝える。そのような役目を担う夫の姿を、しづの女は少し離れた視点から、ゆったりと描く。九〇〇〇坪の校地では、馬が飼育され、夫はまだ珍しかったメロンやシクラメンを栽培していた。

茸狩るやゆんづる張つて月既に

『颱』昭和六年

17

茸狩りを楽しんでいるうちに、気がつけば日が暮れて、もう弓弦を張ったような月が出ているという景。杉田久女は「花衣」創刊号で「この句はまた張り切つて強弓の如き表現である。（略）月既にと、弓弦を、ふつりと切り離したやうに力強くいひ放したところ、昂奮した作者の感興も、丁度大弦の如くはりきつてゐる。しづのさん独特の主観のつよい句である」と明快な句評をした。

久女の鑑賞のとおり、「ゆんづる張つて」の比喩が力強く、目新しい。下五の止め方が巧みで、句は朗々と調子が張って快い。

36 ― 37

霧いたみせる神の扉に合掌す

『日本新名勝俳句』
昭和六年

昭和六年に、高浜虚子を選者とする全国の名勝百三十三景を詠むイベント「日本新名勝俳句」の結果が発表された。十万三千余の応募句中、しづの女は掲句と〈時じくの霧の宮居にいましますす〉など三句が銀牌賞、他に八句入選。

三大修験道の一つの福岡県の霊峰、英彦山で詠んだ句である。標高一一八八メートルの中岳には、山頂とは思えないほど立派な上宮が建つ。霧に覆われ、時には雪が積もる厳しい自然のなかに祀られた社で、ここを詣でるには、山伏がつけた険しい山道を登らなければならない。社殿を拝した作者の敬虔な思いが伝わる。

鮓おすや貧窮問答口吟み

『颸』
昭和七年

長女が結婚することになって、しづの女は勇んで婚礼の準備に奔走した。精一杯の支度を整えて、懐が寂しくなった母親のぼやきを、のどかなユーモアを込めて詠んだものである。しづの女は『万葉集』が好きで座右に置いていた。この句も山上憶良の「貧窮問答歌」への親愛を表している。

生活の苦しさを嘆く万葉歌を口ずさみつつも、彼女の心は満ち足りた喜びでいっぱいである。子どもたちも立派に成長し、夫は農学校校長に昇進した。家庭生活でも、また俳人としても、もっとも充実した時期であった。

春雪の白きよりなほ潔かりし

「雪折れ笹」福岡日日新聞
昭和八年四月一日

伴蔵は入浴中に脳溢血で倒れて、四十八歳の若さで亡くなった。第一次大戦を契機に産業構造が農業から工業へと変化してゆくなかで、農学校の校長の職務は心労が多く、激務であった。しづの女は「一片の私心なく、一抹の陰影をもとめぬ八荒晴明」であったと夫を偲び、葬儀の夜の春雪と引き比べて彼の清廉潔白な人格を讃えている。春の雪であるだけに、ことさらに純白の輝きが感じられ、深い敬愛の情がこもった悼句となった。

一家は校長官舎を出て、借家に移ることになる。

ことごとく夫《つま》の遺筆や種子袋

『颱』
昭和八年

夫が急逝したのは昭和八年一月二十五日、校長に昇進してわずか二年余りのことであった。葬儀や官舎からの引っ越しをするうち、自然界では命が再生する春を迎えた。農学が専門であった夫は植物を育てることが好きであったが、種蒔きの季節がめぐってきても、もう蒔く人はいない。「ことごとく」という措辞には詠嘆がこもり、夫が几帳面に種を一つ残らずきちんと分類して袋に収め、名を記していたことが窺われる。中七の切字「や」の働きが鮮やかで、思いもかけず遺筆になったなつかしい文字を眺める作者の追慕の情が胸を打つ。

水飯に晩餐ひそと母子かな

『颱』
昭和八年

22

水飯という季語が大きな役割を担っている。冷水をかけてさらさらとかき込む水飯は暑い時季に食欲をそそって好もしいが、食べ盛りの子どもの晩餐とするには味気なく、ここでは粗食と貧しさの象徴となっている。大黒柱であった夫を喪って、母と子だけの暮しはつましいものとなった。

しづの女は四十六歳で、長女は結婚して家を出ていたが、二男二女が遺された。浜田町に新築した自宅は貸していたため、手狭な借家に住むことになった。句から肩を寄せ合う遺族の暮しが伝わり、喪失感が漂う。

香の名をみゆきとぞいふ冬籠

『颱』
昭和八年

23

葬儀も終り喪に服して静かに家に籠もるなか、よい香りが漂っている。夫に供えられたお香であろうか。平仮名の「みゆき」というゆかしい名前が、さまざまな連想を誘う。下五の「冬籠」からは「深雪」の文字が浮かぶ。なだらかに詠まれていて、深い余韻がある。

〈ひよどり来きくいただき来人来ずも〉も同年の作。夫が元気な頃は来客が多かったが、いまは世間から取り残されたようである。しかし、そこにヒヨドリ、キクイタダキという野鳥を登場させた。淋しさのなかにも賑やかな動きが生じ、洒落た句になった。

書庫の窓つぎ〳〵にあくさくらかな

『颱』
昭和九年

24

家計を支えるために、しづの女は昭和九年四月から十四年まで福岡県立図書館で児童室の出納手として勤務した。読書好きのしづの女にとって本に囲まれた環境は好ましいものであっただろう。職場の朝の情景描写の弾んだリズムは、作者の活気に満ちた明朗な気分を伝える。〈日々《にち〳〵》の足袋の穢《ゑ》しるし書庫を守る〉と同年に詠んだように、白足袋を履き、当時の正装である夏の羽織を着て勤務した。引き締まった下五には仕事への気構えが感じられるものの、足袋の汚れは、勤務のなかで次第に積もってゆく、心身の疲労を表してもいるだろう。

涼しさや帯も単衣も貰ひもの

『解説 しづの女句文集』
昭和九年

「故人清廉にして名利に疎く、私は悪妻にして理財の道を知らず」（「雪折れ笹」）と記しているように、伴蔵の急逝後は、一家は経済的なゆとりを失った。親しくしていた久保より江が、自身の衣服まで手が回らないしづの女に衣料品をプレゼントしていた。

竹下家にはより江からの古い手紙が多数保管されており、そこにこまごまと衣類のことが記されている。着るものに執着をもつ女性は多いが、「貰ひもの」とさらりと詠み、「涼しさ」と状況を捉えているところに、しづの女のこだわりのない朗らかな性格が表れている。

棲めば吾が青葦原の女王にて

『颱』
昭和九年

周囲に葦原が広がる新築のわが家に越してきたのは昭和四年であったが、曲折の後に一家は再びここに戻って来た。句は生気に満ちた夏の葦原風景である。青々と生い茂っているこの葦原に暮らせば、あたりを統治する者のような気分になると詠んだ。女王とは大仰な物言いのようでもあるが、ここは北九州の地でもあり、しづの女は記紀の神話の世界に身を投じて、高らかに古代の女王と自称しているのである。〈華葦の伏屋ぞつひの吾が棲家〉も同時の作。葦原の句はいずれも日本の古典を踏まえ、用語も吟味されて、堂々としている。

吾がいほは豊葦原の華がくり

『颱』
昭和九年

27

「吾がいほは」から、小倉百人一首の喜撰法師の〈わが庵は都のたつみしかぞすむ世をうぢ山と人はいふなり〉を思い出す。この和歌の「うぢ山」は、「宇治」と「憂し」を掛けて、「世間の人は世を嫌って隠れ住んでいると騒ぐらしい」というほどの意。豊葦原は豊かに葦の茂る原のことで、日本国の美称。丈の高い葦が茂る風景は、周囲から隔離された荒涼とした世界の印象を与え、また葦の花は、花と呼ぶには地味である。しかししづの女は「豊」、「華」という字を用い、茂った葦の陰にある我が家を褒め、朗々と謳いあげている。

蓼咲いて葦咲いて日とっとっと

『颱』
昭和九年

秋が来ると蓼が花穂を垂れ、葦原の葦が小さな花をつける。蓼の花も葦の花もごく簡素な秋の花である。忙しい日々のなかでしづの女は家の周辺の季節の変化に着目した。上五、中七と似たフレーズをくり返し、「日とっとっと」という口語的な表現で締めくくり、リズミカルな流れを作って、歳月の過ぎゆく速さだけを強調した。

文語の表記で促音は「つ」を普通の大きさで表記するが、この句の場合、「訥々と」との混同を避け、小さく書くという工夫をしたのであろう。結果的にこの表記は、視覚的にも軽やかな律動がある。

節穴の日が風邪の子の頬にありて

『颱』
昭和九年

節穴のある木材が使われた質素な家屋が想像される。おそらくは古い木製の雨戸の節穴であろう。朝方に、まだ閉ざしたままの雨戸の小さな穴から、一筋の光が射してくる。風邪で苦しい夜を過ごした子の頰に日が当たっているのを見て、看病する母親は無事に夜明けを迎えることができて、ほっとしている場面と思われる。子を思う母親のこまやかな情にあふれた佳句である。

しづの女といえば、豪放な句ばかりが注目されるが、このような穏やかな句もあり、あふれるような母親の情愛は、彼女の句の重要な要素である。

海鸁打にすぐゆふがたが終ふなり

『颱』
昭和九年

30

海嬴打《ばいうち》は重陽の頃に行われた子どもの風習に由来する遊びで、秋の季語。つぶ貝に蠟や鉛をつめた独楽《こま》を円形の座で回して、相手の独楽をはじき出して勝負を争う。鋳物製も用いられ、「べいごま」ともいう。

　路地などに集まって熱中して遊んでいた子どもたちも、夕方にはそれぞれ家に帰っていき、賑やかな声も聞こえなくなる。秋の日は釣瓶落しというように、あたりは一気にとっぷり暮れてしまう。

　独楽に興じる子どもたちの姿から、秋の日暮のもの淋しいような情感を、抑制の効いた表現で描いている。

化《け》粧《は》ふれば女は湯ざめ知らぬなり

『颱』
昭和九年

しづの女は新しい時代を生きる女性として、向上心と自立心が旺盛であった。最高の教育を受けて颯爽と仕事をし、先駆的な生き方をしてきた彼女には、漫然と日々を送るように見える同性が歯がゆかったのであろう。

女性の生態に冷徹な視線を向けた、謎めいた句がいくつかある。これもその一つで、湯上がりには体が冷えないように着込むものだが、ここに描かれるのは衣類の代わりに化粧で身を保護する女性。女性の虚飾に対する皮肉なまなざしであろうか、あるいは作者とは百八十度違う妖艶な生き方に対する驚嘆なのかもしれない。

書庫瞑く春尽日の書魔あそぶ

『颱』
昭和十年

図書館勤務の情景を詠んだ句。古い本がぎっしり収蔵された、黴くさい書庫に足を踏み入れたときに、お化けでも出てきそうな感じを受けたところからの発想であろう。初学時代からしづの女は警報灯を「魔の眼」、滝を「水魔」と捉えており、人間の力を超えた不穏な存在を「魔」という語で示してきた。「書魔」は薄暗い書庫に潜む得体の知れないものを指しているらしい。そのような魔物が「あそぶ」としたことで、春尽日のゆったりとした情感を得た。しづの女特有の感性が光る作品に仕上がっている。

緑蔭や矢を獲ては鳴る白き的

『颱』
昭和十年

調子が張った堂々たる代表句である。あたりの木々の緑と的の白さとの美しい色の対比を提示し、矢が当たるたびに標的がたてる快音を描く。視覚、聴覚から景を切り取って律動感のある写生句に仕上がった。漢字に厳密なしづの女は、「得て」ではなく、「獲て」と表記した。この漢字は、あたかも的が矢という獲物を待ち受けているような印象を与え、句は緊張感と力強さを増した。

図書館勤務の同僚と弓を習いながら詠んだものという。「ホトトギス」（昭10・9）で二度目の巻頭となった。

行橋の長峡川のほとりに立派な句碑が建っている。

既に陳《ふ》る昭和の書あり曝すなり

『颱』昭和十年

34

書物に風を通す曝書《ばくしょ》の景。「陳《ふ》る」は、「陳腐」という熟語にあるように、古びるの意。多くの本を曝書しながら、昭和の書物のなかに、もう内容的に古びてしまったものがあるという感慨を詠んだ。句は昭和と改元されてわずか十年後の作である。読書好きのしづの女ならではの書物に対する鋭い評価が下されている。

　この時期のしづの女の句は漢字が多い。難解ではあるが、調子は整っており、凡庸を避けた新しい表現への挑戦が見て取れる。職場の風景を社会的な視点から描いて、知的で独創性がある。

痩せて男肥えて女や走馬灯

『颱』
昭和十年

しづの女が得意とする対句の詠法で、男と女の有り様を一息で描いた。特定のカップルにせよ、男女一般であるにせよ、描かれているのは年配の男女と思われる。同じように歳月を重ねながら、男は痩せて、女は太ったという直感的な把握を述べる。季語の取り合わせが巧みである。揺れる影を映しながら回る走馬灯は、人生の象徴として働き、照らし出される男にも女にも人生の年輪を感じさせる。実際には年を経て逆の変化をたどるケースもあろうが、それでもこの句には説得力がある。

「ホトトギス」（昭10・7）雑詠欄に入選。

故里を発つ汽車にあり盆の月

『颱』
昭和十年

36

老母を伴い、郷里の行橋で父宝吉の十七回忌を修した。墓参を済ませて、博多の自宅へと向かう暗い列車に乗り込んだ折の句。漢文調が多いしづの女の句としては、平明な詠みぶりである。「盆の月」の働きもよく、抑制された表現に、故郷を去るしみじみとした情感が込められている。

『颱』ではすぐ前に〈小風呂敷いくつも提げて墓詣〉〈村人に轡をとらせ墓詣〉が置かれており、大勢での墓参りの様子を描いている。「轡《くつわ》をとらせ」に示されるように、地主である竹下家の当主しづの女を、村人が敬意をもって迎えた様子がわかる。

風鈴や古典ほろぶる劫《とき》ぞなき

『颱』
昭和十一年

古典への賛美と風鈴の涼しげな音を取り合わせた。古典とは、時代を超えて価値をもつ規範とするべきもの。『颱』の後記にしづの女が記す、「芸術に進歩はない。あるのは変遷ばかりである」という一節が思い出される。自然科学は前人の足跡の上に新たな業績を積み上げて進歩してゆくが、芸術は時代や環境で扱う素材や表現の形式が変化しても、本質は変わらないということであろうか。しづの女が学生に『万葉集』を学ぶように勧めたのは、時を経ても古びることがない古典であるからと思われる。最晩年の作〈欲りて世になきもの欲れと青葉木菟〉につながってゆく発想を見ることもできよう。

翡翠の飛ばぬゆゑ吾もあゆまざる

『颱』
昭和十一年

通勤途中で見かけた翡翠《かわせみ》を詠んだ句。翡翠は渓流の宝石と呼ばれ、飛びたつ瞬間に美しく輝くエメラルドグリーンの羽を見せる。直線的に飛び込んで、水中の獲物を捕らえる狩りの名手でもある。しづの女はなんとしても飛ぶ姿を一目見ようと、仕事に遅刻することも構わず、その場を離れない。好奇心いっぱいの子どものように、無理につけた因果関係が愉快である。

彼女は知的で行動力があり、人と親しみ、明るく世の中を渡って行く聡明さを具えていた。その率直さ、温かい包容力、世話好きの性格は周囲の人びとに愛された。

紅塵を吸うて肉《しゝ》とす五月鯉

『颱』
昭和十一年

代表句の一つ。初出は創刊間もない「成層圏」一巻二号。「五月鯉」は鯉幟のことで、中村草田男は珍しい表現について、「作者は、鯉幟を生ける鯉そのもののように扱いたかったので、かかる無理を敢《あ》えてした」と解説（「しづの女鑑賞」）。紅塵も難しい語であるが、賑わう街路にたつ塵埃、またこの世の煩わしい事柄。紅という字は緋鯉を連想させる。そこから世塵のなかを颯爽と生きる女性、その豊満な肢体の象徴とも読める。

風を孕んで五月の空に舞う鯉幟の景は、色彩が豊かで、硬質の響きが潔い。表現の独創性と大胆な発想が調和し、生命力がみなぎる。

颱風に髪膚曝して母退《ひ》勤《け》来《く》

『颱』
昭和十一年

40

台風の強い風雨に全身を打たれながら仕事から帰宅する様子を描いた。「髪膚《はっぷ》曝《さら》して」の表現は簡潔で響きもきびきびしている。「退勤来《ひけく》」と読ませて、勤めから帰ることを意味する叙法は、河東碧梧桐などのルビ俳句に倣ったものであろうか。強引でやや窮屈ではあるものの、歯切れがよい。自然の猛威に曝されて帰宅する母はもちろん作者自身であるが、センチメンタルな悲壮感はなく、客観的にその姿を観察している。感情的な表現を省いて、骨太の作品に仕上がった。佶屈聱牙《きっくつごうが》と評されたしづの女独自の句風を示している。

かたくなに櫟は黄葉肯ぜず

『颱』
昭和十一年

クヌギの木がいっこうに黄葉しないことを漢文調で詠んだ。「肯《がへん》ぜず」は、ここでは承諾しないの意。クヌギに意志があるかのように「かたくなに」と断定するところに、作者の個性がある。

「かたくなに」は、普通は強情、頑固の同義として悪いイメージをもつが、別の見方をすれば意志の強固さを表す美質にもなる。精神の独立独行を主張するしづの女にとっては、好もしい語のようで、しばしば句に用いている。カ行の頭韻を踏んで、軽快なリズムを刻む。この時期は漢文調の生硬な否定形を好んで用いている。

汗臭き鈍《のろ》の男の群に伍す

『颱』
昭和十一年

「鈍《のろ》の男の群」とは、「鈍《どん》くさい男ども」の意であろう。通勤途中の雑踏というより、肩を並べて働く職場の同僚と捉えたい。しづの女は中年になってから、図書館に勤務することになった。彼女は月報に論考を発表するなど知的な活動をしていたが、業務上は男性職員の下で働かなくてはならなかった。彼らを汗臭い、使えない集団と断じたところに批判精神が光り、下五には強い意志がみなぎる。痛快な内容と雄勁な表現がみごとに調和して、確固たる文体を獲得している。「寡婦受難」の題で「俳句研究」（昭12・1）に発表した十句中の一句。

老醜やボーナスを獲てリリと笑ふ

『解説 しづの女句文集』
昭和十二年

前句「汗臭き」と同時に「俳句研究」に発表。この句も職場の人間の姿を詠んだものであろう。給与が現金で渡されていた時代に、ボーナスの封筒を受け取った老齢の人の表情を非情に描写している。初出で下五は、「ククと笑む」となっていた。「ククと笑む」はくぐもった笑みを表す一般的な表現であるが、推敲後の「リリと笑ふ」は、朗らかで響きもよく個性的。この句が『颱』で割愛されているのは、上五「老醜や」の突き放したような表現、またこれを上五に据えたことで、最初に結論を出してしまっているからかもしれない。

たゞならぬ世に待たれ居て卒業す

『颱』

昭和十二年

44

昭和十二年三月に長男吉仁《よしのぶ》が無事に旧制福岡高等学校を卒業する。「たゞならぬ世」とは、簡潔で、雄弁な措辞である。時局は戦争へ向かっており、息子もやがては兵役につくはずであった。多くは語らず、そのような時代に生きる母親の感慨を伝えている。

吉仁は頭脳明晰で、東京帝大法学部へ進学を希望していた。しづの女は、病弱な息子の健康を心配して東京に行かせたがらず、進学をめぐって親子の間で激しい口論が続いたという。結局吉仁が折れて、九州帝大農学部林学科に進学することになった。

蓬萌ゆ憶良・旅人に亦吾に

『颱』昭和十二年

45

吉仁は龍骨と号して母に内緒で俳句を詠んでいたが、高校卒業を迎えて、晴れて友人と学生の俳句連盟を結成し、機関誌として「成層圏」を創刊した。しづの女は顧問として会員の指導に当たることになった。掲句は創刊号の巻頭に「古き学都を讃ふ」として大宰府古址を詠んだ五句中の一句。時は春。草が萌えだす季節である。自身を憶良、旅人と並べて、万葉からの歌心を受け継ぐ者としての意気込みを謳いあげ、若者たちの船出に心弾ませている。「成層圏」はしづの女にとって実験的な意欲作を発表する恰好の場となった。

六月十七日　台湾赴任の澄子夫妻を送りて

汝がゆくて片蔭ありやなほも行くや

『颱』

昭和十二年

行く先に片蔭はほんとうにあるのか、（ないかもしれないのに）それでもなお行くのか、と畳み込むような調子で問い詰めている。片蔭は平穏な場所の比喩。長女澄子の夫が台湾に赴任することが決まり、しづの女は心配でたまらず、翻意を促すように念を押しているのである。娘夫婦は景気がよさそうな台湾での生活を暢気に喜んでいたが、しづの女は不穏な世界情勢のなかで幼い孫を連れて、慣れない亜熱帯の風土で生活することに大きな不安を抱いた。句の激しい叙法には、母親としての情の濃さが表れている。この句は118頁の状況につながる。

十月　支那事変応召の友を歓送して　三句中の一句

秋の雨征馬をそぼち人をそぼち

『颱』

昭和十二年

昭和十二年七月に盧溝橋事件をきっかけに日中戦争が始まると、しばしば出征兵士を見送ることになる。前書に「歓送して」とあるものの、重苦しいものであったに違いない。

馬も兵士も、また見送る人も冷たい雨に打たれている。句はびしょ濡れになりながら、黙して出征してゆく若者の姿を克明に描写している。畳みかけるようなリフレインが募る雨脚と緊迫した雰囲気を伝える。そして秋雨という季語が、この場の人びとの沈鬱な心中を過不足なく物語っている。

心灼け指灼け千人針を把る

「成層圏」一巻四号
昭和十二年

「成層圏」に「軍国」と題して発表した十句から成る連作俳句の一句。三連に構成され、第一連は街頭で千人針を刺す風景である。千人針は兵士の武運長久を願って、白い綿布に千人の女性が一針ずつ赤糸で玉留めを作るもの。裁縫は室内でするもので、炎熱の戸外で針を取ることは滅多にないが、掲句は街で頼まれて針を持ったときの感覚を詠んだ。「心灼け」には、これから兵士が向かう苛酷な戦地を思いやったときの心情が表れている。資料館などで目にするびっしりと縫われた古い千人針には、人びとの一途な祈りが縫い込まれている。

夜学の灯断つて機と征き艦と征き

「成層圏」一巻四号
昭和十二年

連作「軍国」の第二連のうちの一句。夜学生が勉学を中断して、ペンを剣に持ち替えて、戦闘機に乗り、軍艦に乗って戦場に赴く様を詠んだ。

季語の「夜学」がよく働き、出征を表す「征《ゆ》き」のくり返しが勇壮なリズムを刻む。当時さかんに詠まれた主張ばかりが目立つプロパガンダ風の俳句とは一線を画しており、有季定型の均整の取れた作品に仕上がっている。しづの女の卓越した作句の力量を示している。

「成層圏」に集う若い学生たちにとって、出征は差し迫った現実であった。

留守の子に青いばつたは碧く蜚ぶ

「成層圏」一巻四号
昭和十二年

第三連は出征兵士の留守宅の様子。簡潔な言葉で、幼い子どもの日々の淋しさを表現している。「蜚《と》ぶ」は、飛ぶの意。幼い子どもはバッタを眺めているが、青いバッタが突然金色になるような心躍る変化は起きるはずもない。この句は、戦争という状況を離れて、ぽつんと家に残された子どもの目に映る景を詠んだ句として鑑賞することもできよう。

「軍国」は出征を主題にして三つの視点から構成した連作で、それぞれ完成度の高い十句が揃った。息子、教え子を兵士として送り出す立場からの真剣な創作である。

かじかみて禁閲の書を吾が守れり

『解説　しづの女句文集』
昭和十二年

51

勤務していた図書館でも思想取締りが強化されて、厳しく蔵書の審査が行われるようになった。閲覧禁止本とされた図書には禁閲の印が押されて、閲覧ができなくなった。しづの女はそのような本が収蔵された書庫の番をしていた。〈憲兵を案内す書庫の沍《い》てし扉に〉とあるように、憲兵が訪れてくることもあった。

　これらの句の「かじかみて」、「沍《い》てし」という表現からは、寒さだけでなく、この時代を生きる作者の息がつまるような閉塞感が伝わってくる。

健次郎を七高に入れて　二句

寮の子に樗よ花をこぼすなよ

『颱』
昭和十三年

次男健次郎は昭和十三年に、鹿児島の旧制第七高等学校造士館にめでたく入学。掲句とともに、しづの女は、

汝 に 告 ぐ 母 が 居《ゐ》 は 藤 真 盛 り と

と母としての安堵を高らかに謳っている。

藤は晩春、樗の花は初夏の季語で、どちらも薄紫の香りのよい木の花である。

二句ともに会話体の軽い調子で詠まれているが、そこには息子の合格を手放しで喜ぶ母親の姿が浮かぶ。健次郎によれば、しづの女は病弱な長男には干渉したが、次男の進路にはまったく口を出さなかったという。

苺ジヤム男子はこれを食ふ可らず

『颱』
昭和十三年

三女淑子が通う福岡女子専門学校の父兄会で、苺ジャムを作る講習会が開かれた。そこに参加したしづの女は全工程を八句から成る連作で描き「成層圏」に発表した（詳細は解説212頁を参照されたい）。掲句は六番目に配置された。この句だけ見ると、男子たるもの甘ったるいジャムなど食べてはならない、と禁止する痛快な作にも思える。だが詞書と全八句、時代背景をあわせて鑑賞すれば、「食ふ可らず」はここでは禁止ではなく、不可能を表す漢文表現と解釈できる。こんなにおいしそうなジャムを食べることができない戦地の男へ思いが込められる。

苺ジヤム甘し征夷の兄《え》を想ふ

『颱』
昭和十三年

前の句と同じ連作の七番目に置かれており、作品の核となる句である。戦争になって物資が不足し、砂糖も貴重品になった。出来上がったばかりのジャムの贅沢な甘さから、作者はいま苛酷な戦場におかれている兵士たちを思わずにはいられない。

「征夷の兄《え》」とは時代がかった表現であるが、「夷」は外国、未開の異民族を指すので、それらを征伐する尊い任務に就く兵士へ敬意を込めた呼び方となる。緊迫した社会情勢を配慮しながらの果敢な創作である。掲句を含む四句が「ホトトギス」（昭13・8）で二席に入選。

女人高邁芝青きゆゑ蟹は紅く

『颱』
昭和十三年

橋本多佳子が櫓山荘を手放す際に開かれた豪華なガーデン・パーティで詠まれた。高邁はしづの女の好んだ言葉で、男性優位の社会に生きながら、高らかに「女人高邁」と打ち出すところに、理想に邁進するしづの女の心意気が示される。青芝の上で彩りを添える赤い蟹は、自身の存在を誇示して生きる女性の象徴となる。

しづの女ファンを自認する金子兜太は、「昭和十三年といえば、わが国十五年戦争の半ばごろに当り、男女同権を強調することは危険視された時代でもある。よくもここまで強引にいいきったものだと感心する」（『愛句百句』）と評した。

たゝまれてあるとき妖し紅ショール

『颱』
昭和十三年

不思議なドラマ性をはらんだ句である。同じ赤でも紅という色には、赤や朱にはない独特のなまめかしさがある。畳まれている状態とは、何かを秘めていることを読み手に思わせる仕掛けである。

それでは、この句からどのような場面を想像するか、それは読み手に委ねられている。紅ショールから、美貌の女スパイ、マタ・ハリが脳裡をかすめた。しづの女は難しい漢字や構文を得意とするが、このようなすらりとした洒落た句も詠むことに驚く。

極月三十日　友の一家と太宰府に詣づ

旅人も礎石も雪も降り昏るゝ

『颱』
昭和十三年

大宰府政庁のあった都府楼址は、しづの女にとって『万葉集』の昔へとつながる、思い入れの深い場所であった。しづの女の住む浜田町から日帰りにほどよい距離にある吟行地として、折に触れて訪れている。

このときも歳晩に、友人を案内した。残っている大きな礎石は列柱を支えていたもので、そこから政庁があった往時の建物を想像することができる。政庁址という時を超えた不思議な時空に、雪が降りかかり礎石にも旅人にも夕暮が迫っており、波瀾の一年も終わろうとしている。静かな抒情が漂う句である。

此の旅の此の汽車の此の雪と兵隊

「成層圏」三巻一号
昭和十四年

58

「軍需輸送列車」と題して発表した作品。長女夫婦の台湾での生活を心配したしづの女は、虚子に頼んで政府要人への紹介状をもらい、娘婿を内地に戻してくれるよう頼もうと思い立った。戦時中であったから贅沢は言えず、軍需輸送の列車で上京したときの様子を詠んだもの。兵隊を運ぶための軍隊用の列車の屋根には雪が積もっており、車内は若い兵士たちで満員であった。

乗り込もうとしている汽車を、言葉を積み上げながら描写して、怖ろしいまでの緊迫感がある。

94頁の句「汝がゆくて」の後日談である。

瘴癘の地に棲める娘のために労す

壁炉眩し子故に推してかくは訪ふ

「成層圏」三巻二号
昭和十四年

詞書にある瘴癘《しょうれい》は、湿度が高く暑い地で罹るマラリアや皮膚病などのことで、「瘴癘の地」とはここでは娘夫婦の赴任先、台湾を指す。いつもは剛胆で物怖じしないしづの女であっても、面識もない政府要人宅の訪問は緊張した。それでも彼女は娘一家のために勇気を奮い起こして訪ねた。「壁炉眩し」とあるから、マントルピースのある豪勢な応接間に通されたのであろう。

「眩し」という形容詞が、気後れする気分を伝えている。娘一家を帰国させてくれるようにと、しづの女は懇願した。この訪問を漢文調で粛粛と詠んでいる。

壁炉あかしあろじのひとみひやゝかに

『颱』
昭和十四年

政府要人との面会で受けた印象を率直に詠んだ句。はるばる九州から訪ねたものの、その対応は冷淡であったとしづの女は感じた。燃える暖炉の火と対比して、要人の目の冷たさを語っている。しづの女は再び混雑した列車に揺られて帰宅したが、「成層圏」（三巻二号）の消息欄に病気静養中と載っており、苛酷な長旅の疲労から体調を崩したことがわかる。

嘆願が功を奏したのか、あるいは時期が来ていたのか、娘婿は三年後に九州帝国大学農学部助教授として内地に栄転。ともかくも母の願いは叶ったのである。

たんぽぽと女の智慧と金色なり

「成層圏」三巻二号
昭和十四年

図書館に勤務していた時代の句である。智慧は仏教用語では、真理を悟る知力。「女の浅知恵」という表現があるように、世間では「女なんか」と小馬鹿にした見方がされてきた。ところがこの句は女の智慧をたんぽぽと並べて、金色と断定し、明るくよいものと肯定している。

機転を利かせて思いがけず事が上手く運んだ折の自身の姿を、自画自賛しているのかもしれない。お茶目な愛らしさが魅力的である。重い句が多いしづの女であるが、たんぽぽという小さく、輝くような草を取りあわせたところが新機軸で、朗らかな調子である。

子といくは亡き夫《つま》といく月真澄

『颱』

昭和十四年

母の期待を一身に背負って成長した長男龍骨は、父の跡を継いで農学部で学ぶ前途有望な学生となった。龍骨はまた文芸に関心をもつ、感性豊かな俳人であった。息子と新刊のヴァレリーの詩を読み、文学論を戦わせることは、しづの女にとって喜びであった。「月真澄」という印象的な下五に、澄み切った心境が表現されている。五十二歳になったしづの女は、月の夜に頼もしく育った息子に夫の姿を重ね合わせ、母親として大切な使命を無事に果たした安堵と、幸福を嚙みしめている。

福岡市の竹下家の墓域にこの句碑がある。

金色の尾を見られつゝ穴惑ふ

『颱』
昭和十四年

高浜年尾歓迎会の折に、都府楼址近くの戒壇院の石垣で見た蛇を詠んだ。年尾は、蛇は金色ではなかったが、「作者の心の躍動がふと金色の尾と見た」と記す（『俳句ひとすじに』）。金子兜太は「苦労の日常を丈高く生き通そうとする女人」の投影を見る（『遠い句近い句』）。

「穴惑」と名詞形で使われることが多いが、ここでは「穴惑ふ」と動詞に用いて、蛇の動きに注目した。異界への戸口にも似た穴の入り口でためらう蛇は、この世に心を残すようであり、また見る人を別の世へと誘うようでもある。金色に輝く逡巡する蛇は神話的な非日常性を帯び、句は写実を超えた神秘の世界を創出する。

英霊若し虫の真《ま》闇《やみ》をなほ白く

「成層圏」三巻三号
昭和十四年

64

「英霊」と題して若くして戦地で亡くなった兵士の帰還を詠んだ五句中の一句。故郷の人びとは昼に列を作って英霊を迎えた。その夜、しづの女は虫の音を沈痛な思いで聞いた。彼女には兵士と同じ年代の二人の息子がいるのである。この虫は英霊を迎えて鳴いているのだろうか、戦地に散った英霊の望郷の思いが虫の音となって聞こえているのであろうか。

「闇が白い」とは矛盾する表現のようでもあるが、濃い闇の奥の奥を作者はそのように捉えた。寡黙な表現に、戦死者を悼む思いの深さが滲み出ている。

吾が視線水平に伸びそこに鵙

「俳句研究」
昭和十四年十二月号

「闖入者」と題して「俳句研究」に発表した六句中の一句。しづの女は梢の鵙《もず》と、飛んできた鶫との間に生じた緊張関係を六句でドラマティックに詠んでいる。

この句の内容を単純化すれば、目を横に動かしてゆくと鵙が目に入ったということであるが、しづの女は叙法に工夫を凝らしている。まず上五で、自身と視線を切り離し、「水平に伸び」という表現で、ちょうどカメラを水平にスライドしてゆくように、客観的に視線の動きを追う。下五で、思いがけず画面に出現した鵙にスポットライトを当てる。言葉を正確に構成して、最後に小さな驚きを演出するという詠法が斬新である。

我が子病む梅おくるゝの所以なり

「俳句研究」
昭和十五年四月号

長男は九州帝大で林業の研究活動を続け、病弱ではあったが、実習で北海道から樺太、また朝鮮を訪れている。「成層圏」の発行も熱心に続けてきた。ところが卒業を控えた昭和十五年二月に、風邪をこじらせて入院することになる。

竹下家の跡取りとして大切に育ててきた長男の発病は、しづの女にとって痛恨の極みであった。そのために梅の花まで開花が遅れてしまったと詠んでいる。彼女は終生長男の病気に責任を感じていた。出版物の検閲が厳しくなり、「成層圏」に廃誌の命令が伝えられる。

梅白しかつしかつしと誰か咳く

『解説 しづの女句文集』
昭和十五年

「かつしかつし」という咳の擬音語にリアルな響きがある。この中七は、通常の風邪の咳のゴホンゴホンなどと比べると、いかにも力無く、不気味で、重病を思わせる。目の前に咳をしている人がいるわけではなく、しづの女の不安な耳が、姿は見えないがどこかで咳く不気味な音を捉えているのである。

梅が咲き、ようやく暖かくなり、卒業を迎える時期になった。「成層圏」の会員もそれぞれ社会へ巣立っていく。しづの女は聞こえてくる乾いた咳を聞きながら、長男の健康への不安を募らせている。

人死なせ来《こ》し医師さぶし吾子を診る

「俳句研究」
昭和十五年四月号

病気の我が子の命をなんとかして救いたい母親は、祈る思いで医師を待っている。しかし、いざ医師の診察に立ちあうと、熱い期待感は水を掛けられたように冷める。「人死なせ来《こ》し」という意表を突く措辞に愕然とする。医師とは死と隣り合わせの職業で、時には患者を救えずに死なせていることを思ったものであろうか、あるいはじっさいに病院で臨終の患者を看取ってからやって来たのかもしれない。季語となるのは「さぶし」である。病む子を抱えたしづの女の不安と不信感は、医師を「寒い」と形容したことに集約されている。

枯葦の辺に夜の路をうしなひぬ

『解説 しづの女句文集』
昭和十五年

「枯葦の辺」は浜田町の自宅周辺に広がる葦原と考えられる。このとき長男の龍骨は入院中で、しづの女は家と病院を行き来していた。いつもの漢文調ではなく、つぶやくような静かな調子で詠まれ、それが沈み込む思いを伝えている。

暗い夜の家路をたどる作者は、ふと道がわからなくなってしまい途方に暮れた。「夜の路」とは空間的な道であり、また比喩的にこれからの人生の歩みでもあるだろう。不安と深い孤独感が句から立ちあがってくる。

月光をひたとそがひに寝沈めり

「成層圏」四巻二号
昭和十五年

「臥床の月」と題して発表。この時、しづの女は病院に泊まり込んで看護に明け暮れた。龍骨はそんな母の姿を〈カーネーション赤し髪解く看護の母〉と詠んでいる。「そがひに」は、ここでは「背後に」の意。

この句は窓から射し込む月光を浴びた背中の描写で、術後の身をベッドに横たえる龍骨を詠んだもの。痛みや苦悩で寝付かれない夜であったが、ようやく息子は眠りにつくことができた。その若い背中をしづの女は息を詰めて見つめている。端正な叙述から、月光に照らされた病者の眠りと、じっと見守る母の祈りが伝わる。

イちつくすほたるの露を肩に浴び

「俳句研究」
昭和十六年七月号

たくさんの蛍が乱舞する光景は、葦原に囲まれた自宅付近で見たものであろう。蛍は水辺で見かけるが、そのしっとりした光をしづの女は、「ほたるの露」と感覚的に捉えている。下五の「肩に浴び」という表現も露からの発想である。呆然としてただ立ち尽くす作者の周辺に、蛍が舞う幻想的な景が彷彿し、静かな情感があふれた作品となった。

「俳句研究」に「神曲」と題して発表した六句中の一句である。この総合誌は自選作品をまとめて載せる貴重な場となり、しづの女は意欲作を発表している。

ほたるほととぼりわがいきほととまる

「俳句研究」
昭和十七年九月号

日が暮れて蛍が光り出した一瞬の、息が止まるほどの感動を詠んだ。対句の形をとり、「ほ」の頭韻を踏んで流れるような調べである。飯田蛇笏は芥川龍之介を悼み、〈たましひのたとへば秋のほたる哉〉と詠んだが、蛍の青白い光は魂を想起させ、彼岸と此岸を行き来するような神秘的な荘厳さをもつ。「ほとぼり」は蛍の光の明滅を印象的に描写したもの。娘や息子の看病を続けるしづの女は、命に対する感覚が鋭敏になっており、魂の象徴のような蛍の美しさに心を奪われた。すべてひらがなの表記も句の幻想的な雰囲気にふさわしい。

昭和十七年九月二十四日仲秋明月の夜次男健次郎に応召状来る

征く吾子に月明の茄子捥ぎ炊ぐ

「俳句研究」
昭和十八年一月号

戦争は次第に激しさを増して、ついに次男に召集令状が届いた。この令状には何を措いても従わなくてはならない。二人の息子の母としてしづの女は、この日が来ることを大きな怖れとともに覚悟していたであろう。

出征する我が子のために、心づくしの夕食を調えようとするが、なにぶん戦時下であり、贅沢な食材は手に入らない。しづの女は月光に照らされた畑に出た。

「茄子捥《も》ぎ炊《かし》ぐ」に差し迫った現実感があり、無駄のない正確な表現が力強い。『解説 しづの女句文集』では「毟り」とあるが、「捥ぎ」のほうが自然で滞りがない。

母の道古今貫く月真澄

「俳句研究」
昭和十八年一月号

召集令状が息子に届いた夜の母の思いが格調高く詠まれている。「ホトトギス」（昭18・2）雑詠欄に五席入選。翌月の雑詠句評会の高野素十は、「子の為めのあらゆる忍苦、又時あつては喜んでわが子を御国の為に捧げねばならぬ。さういふ母の道といふものは今も昔も変らぬ。母の道古今貫くと感得した時に心の中にあつたすべての曇りは消え去り、月も澄み渡つた光を以てこの母を照らしたといふ句」と評し、虚子は「『古今貫く』といつた次に『月真澄』と置いたことは、此作者の心の緊張の様が現はれる」と鑑賞。二人の評で言い尽くされている。

ひとへものほころび家牆《がき》壊《く》え壊《く》ゆる

『定本 竹下しづの女句文集』昭和十八年

75

戦争末期となると物資が乏しくなり、人手もなかった。昭和十八年に長男が応召したが、健康上の理由で即日除隊となって帰宅した。

単衣ものならば、簡単に繕うことができるはずであるが、家族の看病に忙殺されていたしづの女には、その時間がなかった。家の垣根が壊れても繕う余裕がなかった。竹下家だけでなく、日本中の家がそのような状態であっただろう。下五「壊《く》え壊《く》ゆる」という念入りな表現から、どうにも手の施しようがない状況が伝わる。

看病の甲斐もなく終戦直前に長男は結核で亡くなった。

国を裁つは誰が手ぞ吾が手単衣裁つ

「現代俳句」
昭和二十一年十一月号

戦争がようやく終わった。戦中は衣類に気を配る余裕がなかったが、単衣ものを仕立てることができるようになった。しづの女は敗戦国の戦後処理という重要な決断がもつ緊迫感を、物資不足のなかで貴重な布を裁断するときの緊張感と重ねて、歯切れよく、堂々とした文体で詠んでいる。俳句という小さな詩型のなかに、重要な国家の政策と、個人の生活を並置して、知的な構成をもつ作品に仕上げている。

この句を発表したのは、石田波郷が昭和二十一年に創刊した総合俳誌「現代俳句」である。

つく〳〵し夕べの風を手折り来る

「現代俳句」
昭和二十一年十一月号

戦後、農地改革が行われ、不在地主の土地が没収されることになった。しづの女は故郷に残る田畑を確保するために、独りで居を移して米作りに励んだ。労働の一日がようやく終り、夕風が吹く頃になって、ふと法師蟬に気付いた。夏の油蟬などとは異なるツクツクホーシというよく通る鳴き声に耳を傾けながら、その声が涼しい夕風をもたらすように感じた。

下五「手折り来る」が巧みで、秋の気配が濃くなる時季の夕暮の描写は、澄んだ情趣をたたえている。波郷編集の「現代俳句」に発表。

稲妻のぬばたまの闇独り棲む

『解説 しづの女句文集』
昭和二十三年

しづの女の生家は行橋市の豪農であったが、夫伴蔵が亡くなってからは、故郷の土地を手放さざるを得なかった。家屋敷も人手に渡っており、田の片隅に電気も引かず、井戸もない粗末な小屋を建てて住むことになる。

最愛の息子を喪ったしづの女の心は、虚脱状態になっていた。真っ暗闇を裂いて時折稲妻が走る夜である。稲妻の閃光と漆黒の闇が鋭いコントラストをなすなかで、脳裡にさまざまなことが思い浮かんだに違いない。

ぽつりと置かれた下五は、底知れない孤独を描きだしている。孤心が生んだ詩情豊かな名吟である。

青葉木菟ひるよりあをき夜の地上

『解説 しづの女句文集』
昭和二十三年

若い頃のしづの女は地主の跡取り娘として、楽器演奏を楽しみ、勉学に励む生活を送った。したがって農家の出であっても農作業をしたことがなかったが、晩年になって昼は慣れない農作業に励み、夜は暗い小屋で独り過ごす生活になった。

侘びしげな青葉木菟の声が聞こえる夜、あたりを眺めると昼間とは打って変わり、不思議な青さに覆われていた。「地上」という語が新鮮である。この語から天上、地上、地下を対比して考えさせられる。月光が照らし出すこの世とも思えぬ神秘的な世界に、作者は目を瞠った。

龍骨忌に

孤り棲む埋火の美のきはまれり

『定本 竹下しづの女句文集』昭和二十三年

独り住まいの火鉢であろう、灰を掻くと真っ赤な埋火が現れ、その美しさに見とれた。句の硬い響きに格調がある。かつてしづの女は研究に打ち込む息子龍骨のために、〈おそき子に一顆の丹火埋め寝る〉と詠んでおり、埋火はその頃を思い出させる。平井照敏は、「亡き子のことを偲んでいるのであろうが、その埋火の美しさが何としづの女のたましいの姿を思わせることだろう」(「女流俳句の先駆者たち」)と息子への愛惜の情を汲む。「龍骨忌に」と詞書にある。龍骨は八月に亡くなったが、夫伴蔵の命日の一月に二人の法事を行ったのかもしれない。

梅を供す親より背より子ぞ哀し

『解説 しづの女句文集』
昭和二十三年

早世の息子を悼む母の心情を率直に詠んだ。「背」は夫の意。父よりも、急逝した夫よりも深く長男を愛惜している。東京で学びたかった息子を、虚弱体質を心配して引き止めておきながら、その命を護れなかった悔いは大きく、逆縁の哀しみは生涯しづの女を離れることはなかった。〈梅を供す父と背は白子は紅梅〉は翌年の作。若く未婚のまま亡くなった長男の魂を慰めようと、しづの女は華やかな彩りの紅梅を供えたのである。

昭和二十四年一月に開いた龍骨五回忌の句会に、虚子は〈梅一樹守りてこれを供華とする　虚子〉を手向けた。

健次郎就職

弊衣破帽無手袋なれど教授なる

『解説 しづの女句文集』
昭和二十三年

昭和二十三年十月にしづの女にとってうれしい報せが届いた。健次郎が九州大学工学部助教授となったのである。しづの女は九大医学部教授夫人久保より江と親しく、久保家の豊かな生活に触れ、子どもを大学教授にしたいと願っていた。次男が大学に職を得て、しづの女は大いに喜んだ。祝句であるのにあえて負のイメージの語を重ねたところがおもしろく、我が子の出世に母親が目を細めながら、からかっている姿が浮かぶ。『定本』では「弊衣無帽無手袋」とあるが、『解説』の「弊衣破帽」のほうが戦後流行した蛮カラ学生風で愉快である。

すみれ摘みバイロン・シェーレなつかしし

『解説 しづの女句文集』
昭和二十三年

可憐な菫を摘みつつ若き日に親しんだ西欧の詩に思いを馳せている。成長した龍骨や成層圏会員と夢中で西欧詩について議論を戦わせたこともある。菫はロマン派のいわば象徴で、日本にも星菫派《せいきんは》と呼ばれる人びとがいた。シェーレはシェリーのこと。与謝野鉄幹の詩「人を恋ふる歌」に、「あゝわれコレッヂ（ダンテ）の奇才なく／バイロン、ハイネの熱なきも」とあるように、西欧の詩は明治期から日本で愛読されていた。ちなみにコレッヂは英詩人コールリッジで、馴染みが薄いのでダンテと入れ替えたとか。

軽い句ながら彼女の浪漫志向を窺わせる。

穴を出し蛇居てはふりの梢に華やぐ

『定本 竹下しづの女句文集』昭和二十四年

84

中七「はふり」は、「葬」という字を当てるなら、ほうむること、「祝」という字なら、罪やけがれを放《はふ》り幸いを祈念する意となる。両義に取れるように、しづの女は平仮名で表記したのかもしれない。どちらも神へ捧げる儀式であるが、葬儀の最中に梢に冬眠から覚めたばかりの蛇を見つけた場面と解釈したい。蛇は日本でも西洋でも、霊的、神秘的な存在とされる。蛇が「梢に華やぐ」とは衝撃的な把握で、輝く蛇が高所から人の世を見下ろしているような情景を思わせる。蛇のもつ重層的なイメージが作品を奥深いものにしている。

夕顔ひらく女はそそのかされ易く

『解説 しづの女句文集』
昭和二十四年

一筆でさらりと詠まれたこの句は、読み手の心を捉え、さまざまな想像をかき立てる。「夕顔ひらく」の抒情的なフレーズは小説風の展開を予期させ、「そそのかす」は謎めいたニュアンスを醸す。具体的にどのような状況を詠んだものかを句は明らかにしないが、作者自身というより、女性という存在の生態を描いたのであろう。

夕方咲きだすこの白い花は、美しさ、儚さから『源氏物語』をはじめ日本文学にしばしば登場してきた。句は夕顔という季語から発想した題詠かもしれない。無理に解釈しすぎずに、言葉のまま味わっておきたい。

米提げてもどる独りの天の川

『解説 しづの女句文集』
昭和二十四年

86

平明で穏やかな詠みぶりである。夏の炎天下の農作業を終えて、ようやく手にした貴重な米を提げて、しづの女は家路をたどっている。夜の闇がすっぽりとあたりを包んでおり、彼女は天と地の間にただ独りで存在しているように感じた。もう若くはなく、持病を抱えて体調も悪かったが、雨露をしのぐだけの粗末な小屋に住んで、肉体労働の日々を送った。

句は生き抜くことの切実さに裏打ちされて、清冽な光を放っている。生活のなかから生まれた詩であり、生活感がありながら生活臭にまみれず、澄み切っている。

174 — 175

天に牽牛地に女居て糧を負ふ

『解説 しづの女句文集』
昭和二十四年

戦後の食糧難は厳しかったので、老いた母に白米を食べさせたいと米作りを始めた。収穫した米を自ら運び、福岡に住む家族に届けた。

重い米を提げたしづの女の頭上には、牽牛星が光っている。折しも牽牛と織女が一年に一度の逢瀬を楽しむ七夕である。

空の上では星の恋が語られ、地上では人間の女が重荷を負っている。大黒柱として家族を支えてきたしづの女の感慨が、大きな時空のなかに美しく結晶した。独創的な詠法に瞠目する。

米提ぐる霜夜もラムネたぎらし飲む

『解説 しづの女句文集』
昭和二十四年

還暦を過ぎたしづの女にとって米の運搬は、体にこたえる重労働であった。慣れない作業でひりひりと渇いた喉を、霜夜にラムネで潤している情景。ラムネは主に夏の飲料とされるが、水では治まらないほどの激しい渇きだったのであろう。「たぎらす」は、瓶からたくさんの気泡が喉を流れていく様を表す。〈ラムネ滾らす銀河の河心真つ逆さま〉も同時期の作品。苛酷な労働を詠みながら、降るような銀河と、滾らし飲むラムネの泡に、清新な詩情がある。

若い日に彼女は俳句の主観にこだわっていたが、主観がみごとに俳句作品として表現されている。

吾が米を警吏が量る警吏へ雪

『解説 しづの女句文集』
昭和二十四年

戦後の食糧難の時代には、需給と価格を安定させる目的で、米は食糧管理法によって政府が管理していた。違反して取引きされた米は闇米と呼ばれ、見つかれば没収された。この句は、しづの女が収穫した米を福岡の家族に運んでいるのを、警察が闇米として取り締まろうとして、悶着があった場面を詠んだと思われる。不当な扱いを受けた彼女はその憤懣を、「警吏へ雪」と爆発させた。切れ味の鋭い下五である。

地主が米を運搬していることを明確にするために、彼女はいつも紋付きの黒羽織という礼装であったという。

蚤と寝て襤褸追放の夢ばかり

『解説 しづの女句文集』
昭和二十五年

90

敗戦後は日本中が貧しく、襤褸をまとい、蚤や虱に悩まされる暮しが見られた。意表を突く打ち出しから始めて、貧しい生活を格調高く謳いあげた。故郷に移り住んだものの農地改革で社会は変化し、かつての地主も村で仰がれる存在ではなくなっていた。

　昭和二十三年刊『ホトトギス同人第二句集』には、自身の経歴を「農」と記しており、農業従事者という心境だったのであろう。しづの女が俳人と知らない村人は、農作業のあいまにノートに何かを記す姿をいぶかしんでいた。愚痴をこぼさず困難を引き受けた無理が、寿命を縮めたかもしれない。

淑子大学卒業

鳥雲に伏屋の女人哲学者

『解説 しづの女句文集』
昭和二十五年

戦争が終わると、男女平等の原則のもと、九州帝国大学でも女性の高等教育の機会が拡大した。病気から快復した三女淑子も受験し、合格する。物資不足の時代であったが、しづの女は病み上がりの娘には、家計の苦労はいっさい知らせなかった。

昭和二十五年に淑子は無事に新制となった九州大学文学部哲学科を卒業する。「女人哲学者」という珍しい語はしづの女が考案したのであろう。娘の卒業がしづの女にとってどれほど誇らしかったかが窺われる。竹下家は子ども三人を九州大学で学ばせたことになる。

血に痴《し》る蚊痴れしめ嫁を憎しみゐ

『解説 しづの女句文集』
昭和二十五年

血を吸っている蚊を見ながら、作者は叩くことも忘れて、嫁に対する憎しみを募らせている。「痴《し》る」、「痴れる」は、「酔い痴れる」のように判断力が働かなくなること。「血に痴る」という表現から、神崎縷々の代表句〈血に痴れてヤコブのごとく闘へり〉が浮かぶ。結核闘病中の縷々が、喀血する自身の姿を詠んだ凄絶な句である。

普段は明朗闊達なしづの女が、理性を忘れてこれほどすさまじい憎しみを吐露しているのは、彼女の置かれた状況の厳しさを物語るものであろう。率直な主観の表明が迫力をもち、読み手の胸に迫る。

絶つべきの愛情は絶つ利《と》鎌《がま》月《つき》

『解説 しづの女句文集』
昭和二十五年

しづの女にとって、終戦のわずか十日前に、頼りにしていた長男を喪ったことは想像を絶する苦しみであった。長男が亡くなった後、一家の柱となるはずの次男は、母と嫁の板挟みになって苦しんだ揚句に、嫁と子を連れて家を出て別居する道を選んだ。気の強い姑と若い嫁の間の葛藤である。つぎつぎと襲ってくる人の世の不条理に、しづの女はやり場のない怒りを覚え、声高に絶縁を宣言している。

利鎌月《とがまつき》は鋭い鎌のような三日月。一振りすれば血が吹き出しそうなイメージが、作者の緊迫した心情を物語っている。

高く高く高く高くと鵙が吾が

『解説 しづの女句文集』
昭和二十五年

最晩年に詠まれた句である。この絶唱から作者の焦燥感と飽くなき挑戦への意欲を窺うことができる。澄んだ秋空の下、梢で鵙が鋭い声をあげるのを聞きながら、たえず理想を追い求めてきた自身の姿を重ねている。畳みかけるように「高く」を四度くり返す独特の詠法は、切迫した心の動きを余さずに伝えている。

「鵙が吾が」の続きを省いて、究極の高みへの強い憧れを一気に謳いあげる。上五が六音となっているが、自然な句の律動は保たれており、鵙の高音も、また作者の魂もやがて高い空へと上っていくような感覚を与える。

欲りて世になきもの欲れと青葉木菟

「俳句研究」
昭和二十五年五月号

夜更けに独りで聞く青葉木菟の声は、老いてもなお、世になきものを欲れ、はるかなものを求めよ、とささやきかけているように心に響く。悲運に見舞われたしづの女であったが、絶望の淵に沈むことなく、努力と献身を重ねた。たえず永遠なるものを求め、理想を追い、精神の独立独行を貫いた。

彼女が愛したロマン派の詩人のように手の届かない目標を設定し、追い続けるならば、その願いは永遠に達成されることはない。しかしそれ故に尊く、美しい。「虚無無限」として発表された五句中の一句。青葉木菟を媒介として俳句と西欧詩が調和している。

雪荒《あら》ぶカインも吾をやは凌《しぬ》ぐ

「俳句研究」
昭和二十五年五月号

96

深く内省的な句で、旧約聖書「創世記」の人類最初の殺人者カインとわが身を引き比べている。神が弟アベルの捧げ物だけを受け取ったことで嫉妬と怒りに駆られたカインは、弟を殺し、その罪でエデンの東へ追放され、地上をさまよう者になると告げられた。カインは愛を希求しても得られない者として、西洋の文学や絵画の題材とされてきた。募る雪を見ながら作者は、神に見放されたカインでさえも今の私を凌ぐことはあるまい、と内奥の苦悩を吐露する。

〈雪霏々霏々カインの裔《すゑ》の斯く絶えず〉も同時に発表。西欧的モチーフを句に取り入れて作品化している。

雪の夜の毒薬買ひに行きしことも

『解説 しづの女句文集』
昭和二十五年

掲句と並んで次の二句が収録されている。

夜半の雪起きてくすしに君馳せしか

死んではならぬと凍てし吾が手を犇ととりし

どのような状況であったのだろうか。まず毒薬という語に目を奪われる。一口に毒薬といっても、さまざまなものが含まれるであろうが、何のための、どのような毒薬を買いに行ったかには触れられていない。三句を並べて鑑賞するとき、静かな雪の夜を背景にした、緊迫した事態を詠んだものと推測できる。波瀾を含んだ異色の作品は、詳細は不明のまま、そのリアルな切迫感で心を捉えて放さない。

一枯葦にプロメデの火の夢炎ゆる

『解説 しづの女句文集』
昭和二十六年

西洋文化の教養に裏打ちされた作品。ギリシャ神話の神プロメテウスは、天界から火を盗んで人類に授けたことでゼウスの怒りを買い、岩に鎖で縛られて、永遠に大鷲に肝臓を食われる罰を受ける。プロメテウスの火のお蔭で人間は文明を作りあげたが、そこから争いも生まれた。パスカルの言うように、人間が考える葦なら、一枯葦は晩年の作者の表象となる。枯れた一本の葦になっても、作者は人類に火を授けたプロメテウスの夢を燃やし、理想への果てしない憧れを抱き続ける。この句は若い会員に問うべく、九大俳句会に投じた句である。

病床にて

黄沙来と涸れし乳房が血をそそる

『解説 しづの女句文集』
昭和二十六年

99

最晩年のしづの女は請われて九大俳句会の学生の指導をしており、これが会への最後の投句となった。大陸に近い北九州には多量の黄沙が運ばれて来る。黄沙が飛来する春が来ると、衰えた肉体にまた血が沸き立つ。

〈短夜や乳ぜり泣く児を須可捨焉乎《すてつちまをか》〉という大胆な句で颯爽と俳壇にデビューした当時は、幼い子に授乳する若い母であったが、病に伏す今はもう乳房は涸れてしまった。黄沙というスケールの大きな季語の斡旋がみごとな効果をあげる。多くの歳月が流れたが、しづの女俳句のもつ発想の独自性と鋭い切れ味は変わっていない。

ペンが生む字句が悲しと蛾が挑《いど》む

『定本 竹下しづの女句文集』昭和二十六年

病床でチラシの裏に書いた絶筆。「挑む」の文字に、しづの女の不撓不屈の精神が表れている。愛誦するロマン派詩人シェリーの詩に、「星を求める蛾の願い／暁を待つ夜の思い」という一節がある。しづの女は、手の届かない星を求める蛾と、究極の詩を得ようと模索する自身の姿を重ねているようだ。

若き日の句は漢詩の影響が顕著であったが、晩年は西欧文学のモチーフが多く用いられるようになる。抒情過多の日本の詩に理性を加えることを使命とし、俳句の知的な新領域を開拓し続けたしづの女の到達点である。

俳句に理性を

竹下しづの女といえばすぐに浮かんでくるのは〈短夜や乳ぜり泣く児を須可捨焉乎《すてっちまをか》〉。寝苦しい夏の夜にお乳を求めてむずかる赤ん坊に途方に暮れた母親が、しづの女の自解を借りれば「エッ、ウルサイ、捨てちまおうか」と思わず心のなかで叫んだ、そんな場面を詠んだ句だ。もちろん本気で捨てるつもりはなく、下五は、捨てようか、いや捨てはしないという漢文の反語表現。とはいえ、一句のなかに「児」と「捨」てるという文字が収まっているだけで衝撃が走る。この句を含む七句が「ホトトギス」巻頭となったとき、俳壇では「黒船が来た」と大騒ぎであったという。

黒船と怖れられたしづの女は、明治半ば生まれの女性ながら、ピアノ、バイオリン、薩摩琵琶を弾きこなし、読書家で、乗馬も得意なモダンな女性であった。彼女は日本の詩は抒情ばかりであると嘆き、俳句に理性をもたせ、主観を詠むことを自身の課題として試行錯誤を重ねた。

しづの女の句はしばしば難しい漢字や構文を用いて堅苦しく、また複雑な内容を一句に盛り込もうとして定型をはみだして破調となる。師高浜虚子が「佶屈聱牙《きっくつごうが》」の句と評したように、一見して難解で取っつきにくい印象を与える。しかしじっくりと味わえば、その句は誰も詠んだことがないような新鮮さと力強さで読み手を魅了する。さらに作品の背後に、波瀾の大正から戦中、戦後の社会を、颯爽と独立独行の姿勢を貫いて生きたあっぱれな女性が浮かびあがってくる。

残された手紙や散文から窺い知るしづの女は、晦渋な句の印象とは違って親しみやすく、肝っ玉母さんともいうべき情の深い女性であった。彼女の言動には他の存在を丸ごと受け止める包容力が滲み出ている。知と情、そして強い意志のバランスがとれた女性であり、日野草城、金子兜太が魅了されたのもなるほどと納得する。虚子からも認められ、愛された弟子であった。しづの女については、

〈須可捨焉乎《すてつちまをか》〉ばかりに注目が集まっているが、ここで女性俳句の先駆者しづの女の全貌を社会背景のなかで眺めよう。

生い立ちと教育

まず俳句に関わるまでの経歴から始める。

竹下しづの女は、明治二十年三月十九日に父竹下宝吉と母フジの長女として福岡県京都《みやこ》郡稗田《ひえだ》村（現、行橋《ゆくはし》市）で生まれた。本名は、シヅノ（漢字で静廼《しづの》とする説があるが戸籍簿の記載は片仮名）。竹下家は広い田畑を所有する大農家で、男子がいなかったため長女のしづの女が跡取り娘として育てられた。父は娘の教育に熱心で、彼女は近くに住む漢詩人、末松房泰から英才教育を受けた。十代始めで『万葉集』『古今集』などの古典、および漢籍を習った。漢文調の文体はこのとき身につけたものである。

高等小学校卒業後、さらに福岡県の女子師範学校（現、福岡教育大学）で三年間学んだ。当時の良家の女性の多くは、良縁を得て良妻賢母となることを目指し、花嫁修業の一環として学校に通った。対照的にしづの女が進学したのは、教員養成用の厳しい全寮制の職業訓練の学校であった。朝はラッパとともに起床して、細かいスケジュールに従って一日の勉学をする生活であったが、彼女は持ち前の向学心と明朗さで無事に学業を終えた。

女子師範学校を卒業すると郷里の尋常小学校の教壇に立つ。新しい時代を生きる自立した「職業婦人」として、六年ほど社会で働く経験を積み、二十五歳で福岡農学校教諭の水口伴蔵と結婚して、家庭の主婦となる。

作句を始めたのは大正八年、三十二歳のときで、夫が職場俳句会の課題句で四苦八苦していたので代作をしたことがきっかけだという。彼女は「四、五年分のホトトギス全部を読破し、古今の俳論句集をあさつては徹夜を続けた事は幾度」(「天の川」昭3・1)という猛勉強をし、俳句でも自己表現ができることを確認してから、地元福岡の俳誌「天の川」主宰の吉岡禅寺洞に師事した。折しも大正デモクラシーと呼ばれる自由や理想を追求する思潮が盛んになった頃である。当時彼女は密かに夜中に起き出しては小説を書いていたが、出会った俳句によって主観を詠みたいと思ったのである。

「ホトトギス」初巻頭から作句中断まで

翌大正九年四月に「天の川」と「ホトトギス」に投句を始めると、早くも八月に両方の雑詠欄の初巻頭を飾った。冒頭で触れた〈短夜や乳ぜり泣く児を須可捨焉乎《すてっちまをか》〉は、女性に慈母、賢母であることが求められた時代に、家事や育児で疲れ果てた母親の脳裡を過ぎった本音を、率直に吐露したところに新しさがある。このような大胆な句を発表した女性はいなかったのである。

特異な下五には、漢詩「棄児行《きじこう》」の影響が指摘されている。幕末の動乱期に、貧しさのあまり、誰かに拾ってもらおうとわが子を捨てる親の情を詠んだ吟詠で、

斯《こ》の身飢《みうゆ》れば斯の児育《こそだ》たず
斯の児棄《す》てざれば斯の身飢《みうゆ》
捨《すつ》るが是か捨てざるが非《ひ》か

人間《にんげん》の恩愛《おんない》斯の心迷う　　（「棄児行《きじこう》」『詩吟道大鑑』）

から始まり、当時さかんに宴席などで剣舞として演じられていた。たしかにしづの女の句には、剣舞のような劇場型の悲壮感が漂っている。この句は剣舞風の構えによって、深刻になり過ぎずに済んでいると思う。しづの女は漢詩という装置を通して、主観を知的に処理して作品化しているのである。

注目を浴びた初巻頭からわずか二年足らずで、しづの女は作句を中断することになる。原因は、〈乱れたる我れの心や杜若〉という自信作を師吉岡禅寺洞に主観が露出していると否定されたが（25頁を参照されたい）、直後に原石鼎の〈狂ひたる我の心や杜若〉が「ホトトギス」に上位入選しているのを発見した。そこで「俳句の主観・客観・及び季の問題に懐疑・懊悩」し、解決が見つからなかったからだ、と句集『颸』の俳歴に記している。後年のしづの女なら、師に何と言われようとも、自分の判断を堅持したであろうが、この時は自身の作品の評価を師に委ねきっていた。それに加えて、あるいはそれ以上に差し迫った中断の原因は、七歳から一歳までの二男二女の母であり、翌年には三女が生まれるところで、俳句に打ち込む余裕などなかったことだったと思われる。当時の多くの女性と同様に、しづの女は日々の生活に追われて自身のための時間がもてず、作家としての主体性もまだ不確かで、作句を続けることができない状況にあった。

同じ頃に北九州で活躍した杉田久女は、しづの女と生き方も句風も大きく異なるが、やはり家庭と創作活動の両立という課題に直面し、作句を中断している。大正から昭和初期の男尊女卑の社会では、特別に恵まれた環境にある場合を除いて、家事の担い手である主婦が俳句に専念することには大きな困難があったことが窺われる。しかし、この二人は時代が女性に課した制約をやがて乗り越えて、女性俳句の先駆者となった。まさに驚嘆すべき才能と意欲である。

しづの女が俳句から遠ざかっている間に、平板な写生句が多かった「ホトトギス」には、水原秋櫻子たちの清新な句が増えていった。しづの女はこの変化に大きな刺激を受け、昭和三年頃から作句を再開した。社会への関心や日々の思いを俳句で表現して、意欲的な創作活動を続けた。

ところが昭和八年に農学校校長の夫が、脳溢血で急逝するという悲劇が襲う。以後、しづの女は故郷の土地を売り、福岡県立図書館で働き、子どもを育てた。

汗臭き鈍《のろ》の男の群に伍す

緑蔭や矢を獲ては鳴る白き的

図書館勤務をしながら得た句である。

戦中、「成層圏」の指導者として

成長した長男吉仏《よしのぶ》（俳号、龍骨）は友人と、旧制高校生、帝大生などを構成員とする俳句連盟を結成して、機関誌「成層圏」を刊行する。しづの女は中村草田男とともに若い学生を指導することになった。ここに香西照雄、出沢珊太郎、金子兜太らが参加した。龍骨は俳誌「成層圏」の刊行に心血を注ぎ、しづの女はそれを支えた。彼女は水を得た魚のようにいきいきと学生たちと交流し、高い理想を抱くようにと激励した。「成層圏」はしづの女にとって重要な活動の場となり、身をもって範を示すべく意欲的な活動を展開する。戦争へと進む時代のなかで、しづの女は自身の家族や「成層圏」の若い会員たちを見守りながら、珠玉の作品を残している。その包容力と文芸への意気込みは、戦時を生きる若者の心をとらえ、俳句は彼らの生きる支えとなった。

紅塵を吸うて肉《しし》とす五月鯉

女人高邁芝青きゆゑ蟹は紅く

個性の尊重はしづの女の持論で、「いつまでも誓子的作品、虚子的作品、秋櫻子的作品といふが如く、常に其作品に権威者の幻影を伴ふて居ては駄目である。／自己の確立！　自己を後代に遺す修練！」と記している（「俳句研究」昭12・8）。指導者の作品を模倣して、その亜流となることを戒めて、独自性を獲得することを奨励した。

「成層圏」は学生の自由な同人誌であったので、ここを舞台にしづの女は作句、評論活動を存分に展開する。例えば「成層圏」二巻三号には、苺ジャムを作る過程をモチーフに連作を発表した。声高に反戦を主張しているわけではないが、兵士を送り出す女性の視点から戦争を詠んだ忘れ難い作品である。

　男は戦はざる可らず
　女は泣かずある可らず
緑樹炎え日は金粉を吐き止まず
緑樹炎え割烹室に菓子焼かる
菓子焼かる蝌蚪変態を窓にして
苺ジヤムつぶす過程にありつぶす
苺ジヤムあやに製菓の課程了ふ
苺ジヤム男子はこれを食ふ可らず
苺ジヤム甘し征夷の兄《え》を想ふ
爆音をそだてつゝ駆りつゝ南風

（「成層圏」二巻三号、『颱』）

詞書は、戦争が始まれば、男は戦わなくてはならない、女は泣かなくてはならないと、戦争が人びとにもたらす影響を述べる。外は初夏の光に満ちてはいるものの、日中戦争が始まって飛行機の爆音が響いている。甘いジャムを煮ながら、ジャムなど口にできない戦場の兵士のことが思われる。最後の句で戦闘機が飛び立つ様を詠み、全八句で映画の場面を見るように、状況を描出している。

じつは句集『颱』には、これらの八句は一つの連作の形では収録されていない。三句は省かれ、残りは推敲され、昭和十一年と十三年の項にばらばらに掲載されている。『颱』が刊行されたのは昭和十五年十月。俳句弾圧事件が始まった年であり、緊迫した社会情勢を踏まえてやむを得ずとった措置であろう。そのような時代背景を考えながら、連作として鑑賞したい作品である。

戦争末期に、病弱の龍骨が結核になり、しづの女の不眠不休の看病にもかかわらず、終戦直前に亡くなった。夫についで長男まで喪うという悲運に見舞われた。

戦後、故郷の田小屋に独りで住む

戦後の農地改革が施行され、不在地主の農地は没収されることになり、故郷の行橋に残っていた農地を確保するために、しづの女は田の片隅に粗末な小屋を建てて、独りで住んだ。戦後の食糧難の時代に、年老いた母に白米を食べさせたいと思い、慣れない農業に励んだ。「私ほど我慢強い女はいない」と漏らしたというが、終生家族のために献身的に尽くした。

労働と思索の簡素な暮しを続けるなかから、詩情豊かな句が生まれた。

稲妻のぬばたまの闇独り棲む
天に牽牛地に女居て糧を負ふ

しづの女は、図書館に勤務しながら広い範囲の書物に触れる機会に恵まれ、さらに龍骨や成層圏会員との親交を通して、西欧の文学や哲学への造詣を深めていった。そのようにして西洋の文学思潮は、漢学とともに彼女の俳句のバックボーンとなり、西洋文化の教養に裏打ちされた独創的な作品が生まれた。

欲りて世になきもの欲れと青葉木菟

一　枯葦にプロメテの火の夢炎ゆる

最晩年の彼女は請われて九大俳句会の学生の指導に情熱を注いだ。昭和二十六年一月に母が亡くなり、看病で疲労したしづの女も、あとを追うように八月三日に亡くなった。享年六十四。

伝統的に男性が主流であった俳句界に、女性が参加し始めたのは大正時代からである。高浜虚子が「ホトトギス」に新設した女性専用の俳句欄は、女性俳人の出発点となったが、彼女たちの句は身辺の日常をなぞる単調な作がほとんどで、「台所俳句」と軽んじられたりした。それに対してしづの女は、女性俳句という枠を超えて、俳句という十七音の詩型に自身の思念を盛り込み、自分という存在を刻みこもうと試行錯誤を続けた。彼女は若い学生に向けてこう宣言した。

人生に対する高遠な理想を俳句したいと悩むことが幾度かある。
社会に対する複雑深遠な思想を十七字詩に盛られないものかと苦しみもする。

然《しか》し未だ、嘗《かつ》て一句も成功したことがない。然し私は一生この願望を捨つることのあるまいといふことを断言する。

（「成層圏」三巻二号）

しづの女は近代的自我に目覚めた女性俳人として、青年のような理想に燃えて、情に寄りかからない理性の句、また地に足のついた生活者としての句のあり方を模索した。彼女は進取の気性に富み、旺盛な批判精神の持主であり、社会で働く体験ももち、広い社会的な視野をそなえていた。客観写生が提唱されていた「ホトトギス」にありながら、主観を詠みたいと願い、内容にふさわしい表現法を求めて果敢に挑戦を重ねた。有季定型を守りながら俳句の新しい領域を開拓する過程は時間がかかり、理屈が勝ちすぎた句、荒削りな句もあるが、やがて誰にも真似のできない独自の句風を確立した。しづの女俳句は何と言っても内容も表現も独創性にあふれている。起爆力があり、現在読んでも古さを感じさせない。時代とともに女性の社会的地位が向上し、意識の変化が進むなかで、しづの女の潑剌とした作句姿勢はますます共感者を増やしていくに違いない。

【主要文献】

竹下しづの女『颯』三省堂［俳苑叢刊］昭和15年

「〝『颯』〟拾遺」、「俳句研究」昭和16年4月号

『ホトトギス同人第二句集』かに書房 昭和23年

『定本 竹下しづの女句文集』香西照雄（編）星書房 昭和39年

『句碑建立記念 竹下しづの女』竹下しづの女句碑建立期成会（編）昭和55年

『解説 しづの女句文集』竹下健次郎（編）梓書院 平成12年

『竹下しづの女・龍骨句文集』神谷優子（編）福岡市文学館選書 平成29年

学生俳句連盟機関誌「成層圏」創刊号（昭和12・4）〜第十五冊（昭和16・5）

俳誌「ホトトギス」、「天の川」、「現代俳句」

高浜虚子選『日本新名勝俳句』大阪毎日新聞社・東京日日新聞社 昭和6年

竹下淑子『回想のしづの女』私家版 平成14年

秋山素子（編著）『俳人・竹下しづの女 豊葦原に咲いた華』北溟社 平成24年

『詩から死へ 安楽死・尊厳死をどう受け止めますか』幻冬舎 平成28年

坂本宮尾『竹下しづの女 理性と母性の俳人1887－1951』藤原書店 平成30年

初句索引

た行

な行

は行

ま行

や行

ら行

わ行

季語索引

著者略歴

坂本宮尾（さかもと・みやお）

1945年　旧満州、大連生まれ。
東京女子大学の学生俳句会で「夏草」主宰山口青邨の指導を受ける。「夏草」終刊に伴う「天為」、「藍生」の創刊に参加。評伝『杉田久女』で第18回俳人協会評論賞受賞。第6回桂信子賞、第5回与謝蕪村賞受賞。句集『天動説』、『木馬の螺子』、『別の朝』、『自註現代俳句シリーズ坂本宮尾集』、句文集『この世は舞台』。著書『真実の久女』、『竹下しづの女』など。現在、俳人協会理事。季刊俳誌「パピルス」主宰。

連絡先　sakamotomiyao@gmail.com

発　行　二〇二四年九月一日　初版発行
著　者　坂本宮尾 ©Sakamoto Miyao
発行人　山岡喜美子
発行所　ふらんす堂
〒182-0002　東京都調布市仙川町一―一五―三八―2F
TEL（〇三）三三二六―九〇六一　FAX（〇三）三三二六―六九一九
URL https://furansudo.com/　E-mail info@furansudo.com

竹下しづの女の百句

振　替　〇〇一七〇―一―一八四一七三
装　丁　和　兎
印刷所　創栄図書印刷株式会社
製本所　創栄図書印刷株式会社
定　価＝本体一五〇〇円＋税
ISBN978-4-7814-1690-8 C0095 ¥1500E

●百句シリーズ

★＊『高濱虚子の百句』岸本尚毅
＊『後藤夜半の百句』後藤比奈夫
★『藤田湘子の百句』小川軽舟
★『飯島晴子の百句』奥坂まや
『綾部仁喜の百句』藤本美和子
『清崎敏郎の百句』西村和子
『右城暮石の百句』茨木和生
『芝不器男の百句』村上鞆彦
『山口青邨の百句』岸本尚毅
＊『鷹羽狩行の百句』片山由美子
『杉田久女の百句』伊藤敬子
『鈴木花蓑の百句』伊藤敬子
『鍵和田秞子の百句』藤田直子
『波多野爽波の百句』山口昭男
『森　澄雄の百句』岩井英雅
『橋本鶏二の百句』中村雅樹
『加藤楸邨の百句』北大路翼
『能村登四郎の百句』能村研三
『宇佐美魚目の百句』武藤紀子
『佐藤鬼房の百句』渡辺誠一郎
『赤尾兜子の百句』藤原龍一郎
『沢木欣一の百句』荒川英之
『長谷川素逝の百句』橋本石火
『京極杞陽の百句』山田佳乃
『桂　信子の百句』吉田成子
『永田耕衣の百句』仁平勝
『福田甲子雄の百句』瀧澤和治
『石川桂郎の百句』南うみを
『臼田亞浪の百句』西池冬扇
『三橋敏雄の百句』池田澄子
『尾崎紅葉の百句』高山れおな
『細見綾子の百句』山崎祐子
『川端茅舎の百句』岸本尚毅
『平畑静塔の百句』五島高資
『鈴木六林男の百句』高橋修宏
『原　裕の百句』原朝子
『木下夕爾の百句』鈴木直充
『和田悟朗の百句』森澤程
『古舘曹人の百句』丹羽真一
『篠原　梵の百句』岡田一実
『河東碧梧桐の百句』秋尾敏
『夏目漱石の百句』井上泰至
『相馬遷子の百句』仲寒蟬
『皆吉爽雨の百句』石嶌岳
『田中裕明の百句』岩田奎

＊＝品切　★電子書籍あり

郵便はがき

おそれいりますが切手をおはりください

182-0002

（受取人）

東京都調布市

仙川町一－一五－三八－2F

ふらんす堂 行

ふらんす堂へのご希望がありましたら何でもおきかせ下さい。

本が好きな方、「ふらんす堂友の会」の会員になりませんか？

友の会では、小社刊行の新刊情報をはじめ、皆様がご興味のある話題を会報誌等によってご提供しております。入会金は**無料**、年会費は2500円です。

入会ご希望の方は下記に必要事項を明記の上、この葉書をご投函下さい。折り返しご案内させていただきます。

〈 会員の特典 〉

＊小社への書籍の注文が、後払いにて送料無料となります。
＊年４回の会報「ふらんす堂通信」をお届けします。
＊講演会などのイベントを企画した場合、優先的にご案内します。
＊小社句会にご参加いただけます。（参加費 2500 円）
＊西村麒麟先生を講師に迎えた「ふらんす堂通信うづら集」への投句、東直子先生を講師に迎えた「ふらんす堂通信しののめ集」への投稿ができます。

友の会への参加を希望します

りがな 名前		年 月　日生
ご住所	〒	
電話	（　　　　）	

（分りやすい字で丁寧にお書き下さい）
なお、小社ホームページ上からもご入会いただけます。詳しくは下記URLまで。

ふらんす堂
〒182-0002 東京都調布市仙川町 1-15-38-2F
Tel：03（3326）9061　Fax：03（3326）6919
URL：http://furansudo.com/　E-mail：info@furansudo.com

発　行　二〇一八年一二月一日　初版発行
著　者　桑原三郎　©2018 Saburou Kuwabara
発行人　山岡喜美子
発行所　ふらんす堂
〒182-0002　東京都調布市仙川町一―一五―三八―2F
TEL（〇三）三三二六―九〇六一　FAX（〇三）三三二六―六九一九
シリーズ自句自解Ⅱベスト100　桑原三郎
URL http://furansudo.com/　E-mail info@furansudo.com
振　替　〇〇一七〇―一―一八四一七三
装　丁　和　兎
印刷所　日本ハイコム㈱
製本所　三修紙工㈱
定　価＝本体一五〇〇円＋税
ISBN978-4-7814-1143-9 C0095 ¥1500E

シリーズ自句自解Ⅱ　ベスト100

第一回配本　後藤比奈夫
第二回配本　和田悟朗
第三回配本　名村早智子
第四回配本　大牧　広
第五回配本　武藤紀子
第六回配本　菅　美緒
第七回配本　仁平　勝

以下続刊